초록 세상의 꿈

초록 세상의 꿈

임병무

호는 石松. 경기도 수원 출생. 문예사조로 등단. 수원문인협회 감사, 경기
수필문학회 감사, 경기시인협회 사무차장, 경기문학인협회 회원, 사랑방
시낭송 문학회 상임시인, 글펴샘 동인, 사단법인 화성연구회 감사.
시집『패랭이꽃』,『초록 세상의 꿈』등.

초록 세상의 꿈

2000년 8월 7일 1판 1쇄 인쇄 / 2000년 8월 15일 1판 1쇄 발행

지은이 임병무 / 펴낸이 임은주
펴낸곳 도서출판 청동거울 / 출판등록 1998년 5월 14일 제13-532호
주소 (135-080) 서울 강남구 역삼동 832-52 상봉빌딩 301호 / 전화 564-1091~2
팩스 569-9889 / 하이텔I.D. 청동 / 전자우편 cheong21@freechal.com

편집장 조태림 / 편집 문해경 / 표지디자인 김희숙 / 영업관리 정덕호

값 5,000원

ISBN 89-88286-29-4

초록 세상의 꿈

● 임병무 시집 ●

청동거울

사색을 하면서 주어진 인생을 살아간다면 충실하게 삶을 살아간다고 할 수 있을까? 존재한다는 사실을 나는 어떤 의미로 받아들이고 살고 있는 걸까? 스스로 반문을 해 봅니다.

세월 속에서 시간은 정확하게 흐르고 있지만 한 시대를 살아가는 보잘것 없는 인간으로 시간을 별로 중요하게 의식하지 못하면서 시간에 매여서 생활을 하는지도 모릅니다.

이런 생각을 수없이 반복하면서 외롭게 시를 써왔습니다. 그러면서 시를 쓴다는 일은 시인이 자신의 삶을 다시 돌이켜보는 좋은 기회라고 생각을 해왔고 일반적인 삶에 대한 생각을 순수하고 간결한 언어로 표현하여야 한다고 여겨왔습니다.

그러나 주어진 인간의 삶. 이 자체가 헝클어져서 매듭이 얽힌 실타래처럼 되어 버렸기에 순조롭게 풀어 갈 수가 없었습니다. 솔직하게 털어놓자면 마음의 고생만 하고 좀처럼 좋은 시를 쓸 수가 없었고 단지 시심(詩心) 속에서 살아간다는 자신의 생각으로만 만족하여야 했습니다.

시인은 좋은 시를 써야 한다고 합니다. 좋은 시란 어떤 시를 일컫는가. 어느 노선배님의 말씀을 생각해 봅니다. 원석을 찾아 보석으로 수없이 연마하여 모든 이가 귀하고 아름답게 느끼는 보석다운 보석이라야 한다는 말씀을 상기하며 부단한 습작을 해왔습니다. 지금도 서두르지 않으며 좋은 시를 쓸 수 있다는 희망을 갖고 시작(詩作)을 합니다.

두 번째 저의 졸시에 대한 시집을 출간하게 되기까지 물심양면으로 힘이 되어 주시고 작품 해설을 해주신 협성대학교 문예창작학과 교수이신 최문자 시인님과 세심한 배려를 아낌없이 베푸신 청동거울 임은주 사장님 그리고 문학 활동의 동반자이신 수원문인협회, 경기시인협회, 경기수필문학회, 경기문학인협회, 사랑방시낭송회 회원님, 글펀샘 동인님들에게 감사 드립니다.

2000년 한여름에
石松 임병무

차례

제4부 흐린 하늘에서 시가 내리고 있다

제5부 사랑

제1부

연어 이야기

연어 이야기 1
—본능

햇살이 벌한테 벌침을 맞고 있습니다

강물에 눈이 부셔서 날아드는 벌을 보지 못했나 봅니다

벌침을 닮은 햇살의 따가움이 내려 쪼입니다

강물은 기수(氣數)를 따라 흐르면서 햇살을 받고 빛을 내고 있습니다

물방울을 비쳐볼 때 나는 빛입니다

조금 더 밝은 빛이 스쳐 갑니다

강을 거슬러 오는 연어들의 빛입니다

빛이 스며든 연어의 속살은 아름답습니다

연어는 속살에 품어 있는 알을 낳으려 강을 거슬러 오르고

연어 알은 부화되면 강을 내려갑니다

모든 연어가 그렇지만 않습니다

병이 들어 부화될 수 없는 알을 낳는 연어가 있습니다

마음에도 병이 들었습니다

등줄기에 반점이 여러 개 박혀 있는 연어는

작년에 낚시바늘을 통째로 삼키고 많이 울었습니다
시름시름 앓다가 목숨을 건졌지만
바다에서 살 때만 해도 참으로 다행이다 싶었습니다
강물을 다른 연어와 함께 거슬러 올라갈 때
햇살이 따가워도 무덤덤하게 다른 연어를 따라갑니다
다른 연어들처럼 빛이 나지 않는 이유를
병든 연어는 알지 못했습니다
다른 연어처럼 모성애를 가질 수가 없다는 사실을
병든 연어는 알지 못했습니다
다시는 돌아갈 바다가 없다는 사실을 알지 못했습니
다
다른 연어들이 일러주지 않았습니다

연어 이야기 2

—출세

송사리와 가재랑 살던 개천만이
넓은 세상인 줄 알고 지내다가
키가 크면서 더 넓은 세상을 알게 되어
참으로 기뻤습니다
넓은 세상 더 넓은 세상으로 가려고
힘이 닿는 곳까지 헤엄을 치면서
물살을 가르던 힘까지 냈습니다
힘들게 산란하고 타계한 연어 생각이 납니다
그러나 달라지는 것은 없습니다
많은 무리들이 넓은 세상에서
떼를 지어 살고 있다는 것을 알게 되면서
눈이 큰 연어와 사랑에 빠졌습니다
자유다운 자유를 얻고 사랑을 하는
행복한 생활을 누리게 되었습니다
행복은 영원한 것일까요
살다 보니 별일이 다 있습니다
세상에 처음 보는 까만 연어가

싸움을 걸어 왔습니다
힘이 센 연어가 성적 본능을 발휘하여야만
종족 보존의 책임을 다 할 수 있다고
하였습니다
지극히 이기적인 생각입니다
지극히 동물적인 생각입니다
내가 살던 고향이 그립습니다

연어 이야기 3
—갈망

깊은 곳으로 가고 싶다
누구도 가지 않는 곳 바닷속이라도 좋다
바람이 불어도 거칠지 않고
태양도 투시되지 못하는 암흑의 바닷속은
자유롭게 지내기가
유리 수족관보다야 훨씬 나을 것이다
하늘을 보며 바람 부는 대로 가다 보면
바닷물에 떠다니는 거품이 밀려들어
경관이 좋은 바위섬도 있을 것이고
오색이 찬란한 산호섬도 있을 것이다
상상의 날개를 활짝 펴보리라
자유로운 아주 자유로운 생각을 하며
미리 예견된 운명을 돌이킨다
자신도 모르는 사이에 듣고 있던 소리가
어느새 수정된 태아의 배냇짓하는 소리라서
마음도 푸근하고 안심이 된다
작은 아주 작은 영혼의 소리를 들으니

깊은 잠 속으로 빠져들 것만 같다
깊은 잠 속에서는 꿈이라도 꾸어야겠지
수심이 얕은 곳에서 쌓였던 고뇌가
비릿한 곰팡이 냄새를 풍기며
할 일 없이 배회하는 연어를 슬프게 한다

연어 이야기 4

—추억

산길을 따라 오르다 보면
칡넝쿨이 질기게도 늘어져서 감겨 있는
서너 그루의 다래나무가 있다
무르익는 가을만큼이나 익어 가는 열매가
산에서 불어오는 바람과 어우러져
고향의 냄새를 풍겨 주면
산길을 가던 걸음이 절로 멈춰지고
계곡에 흐르는 물소리는
낙엽 진 이파리를 띄어 버리려 하고
돌멩이 틈새로 가재랑 송사리랑 부르고 있다
물소리가 나는 데로 가다 보면
어제 비가 몹시 내렸는지
제멋대로 버려진 콩밭은 본 듯하고
주검이 없는 바다가 그리워서
이곳 계곡에서는 살지를 않는 연어를
찾아 나선 이가 돌아오지 않아
무겁게 걸려 있는 천근 같은 자물쇠는

인적이 끊긴 외딴집을 지킨다
산골 후미진 곳으로
휘어 감긴 칡넝쿨을 걷어가며 찾아오는
사람들과 산사람들을 반기며
연어 얘기를 하던 집주인이 없어
이제는 찾는 이 없는 외딴집
햇살만 한가로운 양지바른 구석에
부서진 옹기만 두어 개 남아 있다

연어 이야기 5

비가 억수로 내리는 다음날
그랜저 승용 자동차가 매일 다니던
뚝방까지 강물이 불어나고
청바지를 염색하는 염색공장으로 통하는
다리 밑에 생긴 하수구에서는
남몰래 버리는 검고 오염된 폐수가
꾸역꾸역 구정물에 섞여
강으로 흘러 들어오고 있습니다
지독한 악취는 코를 찌르고
싱싱하게 살던 연어들이
지느러미와 등에 반점이 생겨납니다
등이 굽어 버린 연어도 생겼습니다
기름에 찌든 불구의 몸으로
남은 여생을 생존해야 할 모양입니다
누구를 원망해야 합니까
장차 천벌을 받을 것입니다
가슴에 눈물이 고입니다

비가 우는 울음소리를 들었습니다
불쌍해서 울어 주는 비의 절규지만
이제는 소용없는 일입니다
강물은 어두워지고 있었습니다

달빛

사랑스런 어머니의 눈빛은 칠흑의 어둠을 밝히며
저 홀로 떠 있는 달빛이다
언제나 그리워하며 죽어도 못 잊을
저리도 고운 달빛이다
강아지풀이 다 자란 도랑 옆으로
길게 뻗은 신작로에서 울어 젖히던 벌레들은
달빛 그림자 길게 드리운
달 그림자 그늘 아래서
하루가 지쳐 잠이 들고
달빛 사이로 번져나간 달무리에
떠오르는 모정이 그리워
깊은 밤은 더욱 깊어만 가고
달빛을 받고서 홀로 곱게 핀 들꽃은
저물어 가는 달을 보며
기별 없이 솟는 별을 맞이한다

회상 1

종일 비가 내리면 비가 내리면
수태한 지난날을 그리며
비를 맞고 우는 새
두견이 우는 소리가 서러워
넋두리하는 사연이 슬퍼서
서럽게도 내리는 비
비가 내리면 비가 너무 내리면
비를 맞고 우는 새
비에 젖는 부질없이 지친 몸
종일 비가 내리면 견디기 어려워
마음에 불을 지핀다
마른 불씨가 일다가
젖은 불씨가 되어 수그러들면
입으로 불어 보아란 듯이 헤집어 놓고
날개 접힌 초라해진 모습으로
잊은 세월이 생각나면
선혈을 토하는 두견의 울음
홀로 처량하게 울어댄다.

회상 2
―인생

하루를 재촉하는 걸음으로
산길을 가려고 길을 떠나간다
해가 저무는 산길을 간다
해가 지고 노을이 지는
산길 너머 저편에는
하루가 모질게 지친 마음을
쉬이 풀어 버릴 수 있고
해탈을 하는 꿈이 있는가
세월은 유수(流水)와 같지만
힘들게 견디어 온 가슴 속병은
어찌할 수가 없는지
한사코 사랑은 외면한 채
비가 내리면 그날 그때를 기다리며
남몰래 넋을 놓고 가려나
하루 온종일 비가 내리면
홀로 머무는 자리에 비가 내리면
말없이 빈손으로 돌아가련다

회상 3
—뻐꾹새

노란 들꽃이 피어 있는 산에
뻐꾹새가 산다

아카시아 잎새에 맺힌
밤이슬을 먹고
어둠에 취해서 울고

그리운 눈길이 닿는 곳으로
날개짓하고 날다가
안개 속을 헤매며 울고

잃어버린 둥지를
찾아 나서는 숲 속 저 끝
달빛 아래서도 운다

슬픈 울음소리를 듣고
잠이 든 벌레가

꿈에서 깨어나면 날아가

숲 속에 그늘진 저편에서
노란 들꽃이 되어 버렸다

회상 4

비가 내린다
소나무 숲에 비가 내린다
산 속에 사는 청룡이
품어 오던 묽은 좌편이라
천년을 하루같이 살고

험한 산세의 끝자락은
기세도 드센 눈썹을 세운
포효하는 백호의 자태
또 다른 우편을
타의로 거느린 운세라

무명의 주검이여
혹여 해가 저물면
노랑나비가 이승으로 날아와
흙을 파보고
아픔을 묻지 않던가

우(雨)중에 그림자만 남기고
달을 먹어 버리는
백호와 청룡이
으스름하게 질러대는
울음소리는 정말 슬펐다

그리움 1

그리움을 그리워하다
못 견디게 그리워하다

삶이 끝나는 그날까지
온몸을 다 바쳐서 그리워하다

심신이 지쳐 버리고
초라해진 영혼만 남아도

때로는 외롭고 쓸쓸하도록
더욱 더 그리운 사람을 그렇게
그리워하면서

아직 못 다한 사랑을 위해
그대가 있는 하늘 가까이에서

온몸을 다 바쳐서
사랑의 노래를 부르리라

그리움 2

하늘이 그토록 푸르고 높아서
낮게 떠 있는 저 구름아

저 산에서 바람 불거든
저기 보이는 정상을 너머

못내 못 잊어 하는 마음을
내가 그리워하는 마음을

내 사랑하는 이에게
바람에 모두 실어 전해주오

언제나 그대만을 사랑하고
언제나 그대만을 그리워한다고

잠시 머무는 저 구름아
내 말을 그대에게 전해주오

그리움 3

달을 지새우고 어제
석양이 질 때 구슬프게 들리던
구성진 곡소리가 사라지면

말없이 침묵하고 사느라
달을 보고 한숨짓고

서글피 목청 돋는 통곡을
하루만에 삭히더니

영혼을 불사르고
육신을 불태워서 돌아누운
미웁게도 돌아누운

해맑갛게 고운 님에
해말간 영혼에 남아 있던
그을림의 흔적을

달을 지새우며
그믐달에 떠올려서

어제 북망산에 두고 온
억 겹의 슬픔을
허전한 가슴속에 심는다

그리움 4

그렇게나 깊은 밤을 꼬박 새우며
밤을 뒤척이던 날
말없이 떠나간 사람

늘 가까이 있기를 원했지만
생각을 하면
늘 멀게만 여겨지고

뒷산 상수리나무에 남아 있던
몇 안 되는 낙엽마저
바람 소리를 따라 떨어져서

가을이 오면
붉은 노을이 자주 들던 뒷산
상수리나무에 가을이 오면

그대 모습 생각에 멀리 있어도

잊지 못하는 사람아
그대가 정말 그립다

제2부

들꽃 이야기

들꽃 이야기 1
—민들레 1

한밤중에 저리도 내리던 비가
잠시 멎은 듯하면
산을 타는 물안개는 그리움에 젖고
옅어지는 어둠 속으로 흐르던
구름이 어둠에 취하면
어둠이 두려워 고개 숙인 민들레
한껏 움츠린 노란 꽃잎 아래
그렇게도 늘어진 이파리는
다시는 피어나지 못할 것같이
초라해 보이고
한밤중에 비가 내리면
어둠 속에 멎은 비가 다시 내리면
민들레의 여린 가슴은 어쩌랴
바람을 타고 홀씨를 날리던 어둠 속을
끝내 외면해 버리는
달빛이 그리워서 어쩌랴

들꽃 이야기 2
―민들레 2

봄날을 기다리며 살아야 하는
정해진 운명을 원망하여
잊혀져 가는 세월 속에
푸른 잎 사이로
슬프도록 노란 꽃잎이 활짝 피면
숨이 차게 살아온
질긴 목숨 하나쯤은 궁색해서
한참 유행이 지나간
흘러간 유행가처럼 잊어버리고
하루가 지나서
잿빛 하늘에서 비가 내리면
처마 밑에 고인 빗물에
스스로를 젖어 버리는 민들레 하나
핏기마저 창백하게 말라 버린
야윈 줄기로 삶을 지탱하며
전설처럼 살아간다

들꽃 이야기 3
—달맞이꽃 1

스스로를 자책하는 설움으로
무척 서러워하고
말없이 그렇게 지내며

젖은 뼈 속까지 스미는 설움을
다시금 되뇌기면서

고운 달빛을 받으면 그렇게
들녘에서 피어나고

그늘진 숲에도 피어나서
저만치 다소곳이 모여 살고

서러움이 하도 서러워
겨우 두 자 정도만 자라는
달맞이꽃

들꽃 이야기 4
—달맞이꽃 2

달을 애타게 사모하면서
그렇게 밤을 지내고

절로 피어난 안개에 젖어
하룻밤 사이 초라해진 꽃잎에
아침이 되면서
촉촉한 잎새에 이슬이 맺히면

울어도 시원치 않는 서러움
묵은 설음을 견디다
산중에 꽃향기를 날리며
그렇게 그렇게 지는

달맞이꽃

들꽃 이야기 5
—들장미

들장미가 피어 있다
성한 가시들이 몰려서 넝쿨지어
사랑을 불태우고 피어 있다
태양이 타오르는 한낮에
작열하는 폭염을 견디어 가면서
사랑을 불태우며
한껏 설렘을 가슴에 묻고
철책을 쳐놓은 담장을 바라보는
사랑스런 들장미가
교태스러운 애정의 몸짓을 한다
온몸은 신열에 시달리더라도
사랑의 열꽃을 피워 가며
사랑하는 사람에게
사랑을 받으면 사랑이 돋치고
향기가 짙게 성장하여서
오직 그대만을 위해
정열적으로 사랑을 하는

신앙처럼 순결한 사랑을 하는
들장미가 피어 있다

들꽃 이야기 6

―패랭이꽃

패랭이꽃은 사랑입니다
재회의 반가움에 눈물을 흘려도
꿀처럼 달콤한 사랑입니다
달콤한 향기가 그윽한 웃음을 담은
갓난아이의 미소처럼
질박한 사랑이 비친 말간 거울입니다
해가 아직도 남아 있는 하늘에
반쪽으로 야윈 낮달이
설레는 마음을 전하는 몸짓입니다
끝없이 세상을 윤회(輪廻)하던
노랑나비가 나르는
푸른 들판에 철을 따라
원색으로 채색하고 피어나는 영혼입니다

들꽃 이야기 7

―할미꽃

섬기는 순교자의 주검을 지키며
여태껏 말없이 살아온 세월이지만
하루하루를 지내다 보니
어느덧 청춘은 덧없이 흘러가서
허리가 휘어지고 주름만 늘어
추해 보일지 모릅니다
절로 흘러간 세월을 원망해
남이 볼세라 돌아서서 흘린 눈물은
저녁 하늘 석양에 반사되어
슬프도록 고은 빛을 띠고 있어서
무척 슬퍼 보일지 모릅니다
때로는 공허하고 쓸쓸해서
고통받은 영혼의 절규를 고백하며
심하게 몸부림을 치지만
여태껏 살아온 삶은 사랑합니다

눈꽃

창 밖에는 눈이 내린다
하얀 눈이 내린다
저 멀리 상여소리가 들려서
상주의 서러운 맘을 달래 주려는가
하얀 눈의 무덤을 만들어
눈꽃 한 다발을 놓고 통곡을 하려는가
저 멀리에 상여소리 들려서
슬픔에 시리도록 젖은 눈이 내리면
하얀 눈이 내리면
길을 떠난 이는 눈이 멀고
저 멀리에 영혼은 하얀 눈이 되어서
눈이 내리는 창가에 소복이 쌓이고
그렇게도 하얗게 내린 눈은
휘어진 솔가지에 눈꽃으로 피어나
그저 아름다울 뿐이다

아카시아꽃

하얀 아카시아꽃은
신록에 바라는 가슴을 부풀리며
어느 산중에도 산다

짙어 가는 녹음의 소리를
부푼 가슴에 담고
세상은 짙은 향에 취하도록 내버려 두고

잘게 다듬은 칼날을 세우며
앙칼지게 솟은 가시들이
소리를 지르며 반란을 일으킨다

처음에 피어서 했던 것처럼
끈질기게 뻗어나가는 힘을 갖고 있는
뿌리의 힘을 과시하면서

무더운 하늘 아래서 흰 꽃들의

무질서한 반란이
밤늦도록 하얗게 일어나고 있다

초록 세상의 꿈

꿈을 꾸는 사람들이
꿈을 찾아 오고가는 거리에서
어깨를 활짝 펴고
마음도 가볍게 걸음을 걸으면
춘삼월 어느덧 소리 없이 찾아온
봄이 반기고
아침 햇살을 받아서
향기를 품은 아름다운 꽃이 피어나
꿀을 찾아 벌과 나비가 날아드는
생긋한 아침이 되면
거리에 가로수의 여린 새순이
막 돋아나
아침의 거리 여기저기는
초록 세상이 된다
꿈을 꾸는 초록이 물오르는 세상
초록 세상의 꿈을 꾸면
초록 세상은 영원한 아름다움을

깊이 간직한
신비 속의 세계라서
영원한 생명의 소리가 들린다.

봄 1

봄이 오는 소리가 난다
초록 물빛이 배인
봄의 숨결
앳된 볼을 붉히는
소녀의 숨결
귀를 기울이면
사랑하는 사람의 속삭임과 호흡소리
들린다
봄을 맞이하려고
하늘이 보이는 창문을 활짝 열면
소리 없이 내리는 보슬비
누군가
봄바람에 속삭인 듯
가까이 들린다
봄이 오는 소리

봄 2

봄이 찾아오면 인적이 드문 산골엔
온통 꽃 피는 사월이 되고
사방에서 들리는 선한 본능의 소리
까만 눈동자를 굴리는 아이들은
하얀 이가 다 보이도록
웃음소리를 내고 뛰어다니고
세상의 모든 것을 다 주고마는
겨우내 얼었던 뭇 사랑에
남아 있던 숨결이 활기차게 되살아나
산골의 꽃피는 사월에는
향긋한 세상을 맞이하는
외면당한 어눌한 달변의 소리가
들린디

여름

흙먼지 날리는 옥수수 밭에
내리쬐는 뙤약볕도 뜨거운
칠보산에 가는 길목
들판에서 여름이 여물고 있다
배부른 맹꽁이의 세상 사는 소리도 들리고
무더위가 못마땅한지
나무그늘을 찾아가며 보채는 아이처럼
칭얼거리는 매미의 울음소리
한차례 쏟아지는 소낙비를
몹시도 반기는
세상에 시달린 농부의 마음도 모르는 채
날개를 비벼서 울어대고
시간도 한가로운 오후에
바람도 시원한 느티나무 그늘 아래서
멍석을 깔고
낮잠을 즐기는 촌로(村老)가 부러운
무더운 하루

가을

노을진 마당 한 구석에
함초롬이 늘어놓은 석류 알이
발갛게 물오르듯
익어 가고

물에 젖은 건조대를 외줄 삼아
심심풀이 곡예를 하던
참새 두 마리는
어느새 날아가고

저무는 해를 보고
놀란 닭이
별안간 죄를 치는 소리가
들리고

참새를 잡는 그물이 쳐 있는 뒷들
그 아래 흩쳐 있는

쌀 부스러기 조금
눈치를 챈 참새 한 마리
서성거리고

기다리기 지루해
소슬바람 부는 담 밖에서
서둘러 산에 가는
그리운 달빛 그림자

겨울

창 밖에 있는 먼 산에서
세월이 지난
만큼
변해 버린 계절이라
마지막 달력에
남아 있던
입동의 문턱을 접어들자
휘날리는 눈보라에다
매서운 바람이
불어
갑자기
관객을 잃어서
어쩌다 말수가 줄이든 어릿광대
배고픈 하루는
지나가고
추위에 눈을 뜨고도
정이 없어

둥지 안에 홀로 남은
어미 잃은 새를
못 본 체하는
인정머리가 없는 사람들
집에 가고
엄동설한에
절로 솟은 낮달 저만치
잿빛 옅은 구름이
흘러서
아름다운 그림처럼
보인다

제3부

성곽을 돌며

성곽을 돌며 1
—화성

유구한 세월은 흘렀다

구름이 흘러가듯

세월은 역사 속에 흐르고 있었다

천만 번 번뇌를 거듭하며

거슬러 가는 세월이

바람도 쉬어가지 못한 가파른 돌계단을

숨가쁘게 오르고 내리며

탑산 위에 화성 성곽을 축성하였다

검게 그을린 역사의 아쉬움인가

가파른 돌계단을 힘들게도 기어오르는 성곽에서

흰 옷 입은 백성들은

주옥 같은 눈물을 흘렸으리라

저녁 하늘에는 노을이 지고

바람이 청솔밭을 가로질러 세차게 불어대며

겹쳐 쌓아놓은 돌 사이에서

기다림에 지친 세월을

유구한 역사 밖으로 불러내고 있었다

■ 화성 : 수원에 있는 성.
■ 탑산 : 팔달산의 옛 지명.

성곽을 돌며 2

―거북산

버들가지처럼 늘어진 화홍천을 따라

예부터 흐르는 개천은

하류천에도 변함없이 흐르는데

지금은 없어진 남수문 근처에 구문으로 전해진

저리도 슬픈 사연이 남아 있구나

거북산에는 절명하는 목숨이 있어서

아침을 올올히 풀어 헤치고

시야가 좁은 안개 속을 이리저리 기어다니며

애절한 젊음의 통곡 소리를

가슴이 저리도록 들었고

시퍼런 단죄의 칼로 한순간에 동강 잘려나간

질기기도 질긴 젊은 목숨이 슬피서

세월을 남김없이 마구 먹었음이라

천년의 거북을 닮아 무병장수를 하더니

오랫동안 거북산이라 불렸는데

세월을 한탄하는 소리가 언젠가 들렸던가

세월이 변한 지금은 간 데가 없다

■ 거북산 : 수원 팔달문 근처에 있던 산.
■ 남수문 : 수원 화성 성곽 중에 남쪽 수문으로 죄인을 효수하여 두상 부
　　　　　분만 버리던 곳이 근처에 있음.
■ 화홍천 : 수원에 있는 상류천과 하류천 사이를 흐르는 개천의 옛 지명.

성곽을 돌며 3

—화성행궁

구중 궁궐 깊은 곳으로
까마귀가 날며
행차하는 어가를 반기는데
왕이여 어디에 계시나이까

울다가 마른 눈물을 삼키며
그렇게 방황하던 세월은 가고
몹시도 혼란한 어둠이
서서히 눈에 익어 가면

찌든 옻칠이 빛을 발하는 뒤주의
옅은 틈새로 새어 나오는
슬픈 신음소리를 듣고
이내 하얗게 변해 버린 밤

여드레 동안 절규하는 소리가
구성진 통곡소리로 변하여

눈물을 짓는 세자
사무쳐서 소리치는 어버이

근심하던 곤룡포에 용이
비바람에 꿈틀거리며
행차를 재촉한다
어디에 계시나이까 왕이여

■ 화성행궁 : 정조가 거동할 때 머무는 수원에 있는 별궁.

성곽을 돌며 4
―화서문

아름답고 고귀함을 고이 간직한 채로

오랜 세월 동안

화서문 옆에 웅장하게 서 있는 서북 공심돈은

넓은 들판에 끝없이 펼쳐지는 장부의 기개라

역사가 흐르는 시간 속에서

삶의 원천이 되는 넓은 들을 지키며

자유의 깃발을 펄럭인다

영원한 자유의 소리도 들리고

선량한 효의 소리가 들리는

조용한 동방의 나라

아름다움이 으뜸인 화성을

누가 넘볼세라 건재한 모습은 담대하여라

역사 속에 흘러간 시간이

시공을 초월하여 영롱한 빛을 발하니

맑은 정기가 서린 역사의 산물이 되어

영원히 보존되리라

■ 화서문 : 화성 성곽의 서북쪽에 위치한 문.
■ 공심돈 : 화서문에 인접된 망루.

성곽을 돌며 5
—충혼탑

자유를 가슴에 불사르며

백야에 넓은 들을 한없이 침묵하며 떠돌다

비명에 갔던 이가 애처로워

버려진 뼈 한줌 못 챙기고

소리쳐 이름을 부르는 소리

허공에 울려 퍼져도

곧이어 바람소리에 묻히고

슬퍼서 해마다 변해 버리는 유월이여

어느새 불어오는 바람이

꽃향기를 풍기면

가까이 들리는 낯익은 소리

그렇게 생각나는 이가 슬퍼서

비문을 나시 읽고 높은 하늘을 우러러

소리내어 애타게 통곡을 한다

■ 충혼탑 : 화성의 방화수류정과 연무대 사이에 위치함.

성곽을 돌며 6
—화홍문

시간이 흘러도 광교산에서 철을 따라
수없이 날아든 반딧불이는
버드나무가 늘어진 용지를 돌아
상류천의 물길을 가르는 일곱 수문에 와서
바람도 시원한 화홍문 누각을 오르며
수원의 팔경이라 노래를 하는데
우아한 아름다움을 간직하고 있는
수련한 연꽃의 자태에 취해
용이 되지 못하고
기약 없는 수백 년이 지나도
평생 동안 수문만 지키고 있는 이무기는
하늘의 소리를 들었음인가
유서가 깊은 자리에
구름 끼고 비가 오는 날이면
시대를 호령하던 영화가 보인다

성곽을 돌며 7
—연무대

버들 잎새 형상으로 효의 길이만큼 축성된
화성의 성곽을 돌아보면
매향교 나무장으로 나무를 팔려고
무명옷을 검소하게 차려 입은 나무장수들이
땀흘리며 등짐을 지고 넘나드는
중포산 너머 해뜨는 동쪽에는
용의 형상을 하고 있는 팔달산까지
울리던 우렁찬 함성이
병사들의 소리 없는 함성이
잔디도 잘 가꾸어진
동장대의 하대에서
활시위에 당겨진 호국의 화살처럼
쏜살같이
시간의 긴긴 터널을 지나서
하대 연병장의 전면에 세워 둔 역사의 과녁을
정조준하여 꿰뚫고 있다
우리는 알고 있지 않은가

여기에 바람 잦은 세월의 정체를 밝히는
역사의 증인이 남아 있는 것을

* 연무대 : 병사들이 훈련하던 곳으로 상대 중대 하대가 있음.
* 매향교 : 수원의 화홍천 중간에 있는 다리.
* 중포산 : 수원에 삼일 상고가 위치한 산의 옛지명.
* 동장대 : 화성 축성 당시 군사들의 훈련을 하기 위한 연병장의 지휘본부.

선돌

푸른 물을 수백 년 굽어보며
푸른 이끼를 수백 년 지닌 채로
시름을 안고 앉아 있던
노산대를 바라보며

억수로 쏟아진 비를 다 맞고
불어난 강물에
무섬을 타던 관음송은
휘어지는 허리 부여안고

청령포 너머에 절벽 끝까지
섧게 섧게 울리던
애끓는 설규 소리 다 듣고
가신 님을 보았네

불어 온 동풍은 아랫바람
지어진 여울목은 윗녘이라

수심이 쌓였던 깊은 골
영월에 산 증인 되어

수만 길 기암절벽 빼어난
하늘 아래 남아 있고
그리움 한자락 그대로 남아 있는
곧은 선돌에 푸름이여

백자동(白子童)

누가 볼세라 소중하게 다루어진다
흙을 다루는 경지라 할까
붉은 고령토의 차진 흙으로 빚어낸
역사의 시간 속에서
숭고한 아름다움이 속 깊이 배어 있어
맑은 정기가 서리고
은밀하게 빛을 발하는 백자동은
선명한 이목구비를 가진 어린 동자가
산 속으로 가는 길을 거닐며
무명 저고리를 입고 놀고 있다
도기의 가마 속에 센 불을 견디며
영원한 생명을 위하여
오랫동안 기도를 드렸음인가

■ 백자동 : 이조 백자 도기로 어린 아이가 노는 모습이 담겨 있음.

고구려 무희

바람이 부는 넓은 들에서
바람을 등지고서
현무의 춤을 추는
벽화 속에 관을 쓴 여인

슬픈 미소 머금고는
점 무늬 백색 옷에
넓은 소매를 다소곳이 펴서 돌아
낮게 울리는 무당타령

바람결에 물결치듯
뒤로 제친 긴 소매가 너울거리면
바람을 안고 나서
손 끝 따라 곧추 세운 몸짓

땅을 보며 고개짓하는
고풍 짙은 금빛의 관을 보고

바람 속에 묻혀
손짓을 재촉하는 숨소리

뒷짐지고 사라지려는 듯
청색 치마에 휘감기는 발
잘게 구르는 발소리
화려한 영화를 찾아간다

■ 현무 : 북방을 지키는 신. 거북을 상징으로 함.

살풀이 춤

설움으로 지낸 날을
어이하여 잊겠습니까
들킬세라 숨은 날을
어이하여 잊겠습니까
불이 타고 있는 성난 영혼들이
소리내어 통곡하고 있는 말들
아직도 못 다한 말들
아직도 못 다 흘린 눈물이
가슴속에 고여 있는데
노상에서 살을 풀어
질긴 목숨 이어 가는 이 청춘은
점점 아파오는 하복부의 통증을
신음하며 참아 가고 있습니다
아 이제는 이름을 부르며
어서 저승으로 가라는
춤꾼, 당신의 음성이 들리니
한잔의 술을 마시고는

깊은 잠에 빠지렵니다
꿈을 꾸렵니다
꿈속에서 다시 태어나는
생명의 소리를 듣고 싶습니다
이제는 선율을 타고 나르는 손짓도
보이지가 않습니다

새 천년을 맞이한다

지구상의 사람들이 새 천년을 맞이한다
천년을 살아 학을 닮은 사람들은 부푼 꿈을 갖고
가상의 현실을 우려하면서
땅 속 깊은 곳에서 영원히 잠들 것 같다던
새 천년을 흔들어 깨어 맞이한다

그대들은 깨어 있어야 한다
새 천년과 함께 깨어나는 사람들이
새 천년을 부르고 있다
산하로 퍼져 나가는 소리는
그렇게도 애태우는 한의 소리 같아서
목이 메이고 떨리는 목소리가 사방에서 들린다

새로운 천년을 맞아 황급히 감추고
보이고 싶지 않는 치욕을
천년을 살아 학을 닮은 사람들은
애써서 감추려 하지 않는다

천년간이나 간직해 온 꿈은
숙연한 자세로 정좌하고 좌욕할 수 있는
청결한 정한수가 없어서
이 지구상에서 가장 오염된 부위를
정결하게 씻을 줄 몰랐는가

과거를 사면 받은 정한 마음을 소유하라
시간 밖으로 찬란한 태양이 떠오르니
지나가는 천년이 머물던 자리에
새 천년이 열리고
이 지구상에서 대망의 새 천년을 맞이한다

새벽

　인적이 드문 골목 안에 두부를 파는 장수가 부지런히 아침을 연다. 총총 걸음에 종을 딸랑딸랑 울리기도 하고 낯익은 골목 안을 지날 때는 목청껏 호객소리를 내며 외쳐댄다 두부 사려 그러나 누구 한 사람 문을 열고 반기는 기척은 없다 포르말린 사건이 지났는데도 사람들은 아직도 기억하고 있는 모양이다 해는 새벽을 밝히며 두부장수 등을 타고 솟는다 멀리서 들리는 기차소리가 두부장수에게 불현듯 고향을 그리워하게 한다 아침해에 상기된 두부장수는 새벽기차를 타고 고향으로 달린다. 며칠째 갈아 입지 못한 작업복에서 땀내가 배어 있어 군둑한 고향 냄새가 난다 통로에 오가는 홍익회 판매원의 김밥 사라는 소리를 들으며 세상살이 피곤한 몸을 뒤쳐 잠을 청한다. —차창의 풍경이 펼쳐진다—

조각상

크리스탈 유리의 관에 달린
찬란한 아침 햇살이
소리 없이 뿌려지는
순간의 시간, 교태하는 눈

사랑의 포로가 되면서
과히 싫지 않는
상큼한 색깔에 무화과의 잎새로
나신을 가리고

전신을 뱀의 혀로 핥는
천혜의 모습
비웃는 입술과 눈 사이에 콧대가
클레오파트라를 닮아

집시와도 같은 그대 가슴을
닮아 가는 사람들이

이유 없이 질시하는 허영의 세월을
모자이크한 육체

다뉴브 강에 흐르는 물처럼
흐른 세월의 시간을
가슴이 앓는 사랑의 노래를
기억하지 않는다

제4부

흐린 하늘에서 시가 내리고 있다

흐린 하늘에서 시가 내리고 있다

흐린 하늘에서 시가 내리고 있다
그리운 사랑을 표구하여
그림으로 남기는 흐린 하늘을 보고

금세 만들어진 언어들이
달리는 기차의 차창에 부딪치며
그리움을 물씬 풍기려 한다

흐린 하늘에서 시가 내리고
달리는 기차에 부딪친 언어들이
차창에서
꼬리를 물고 비스듬히 흘러가고

목포로 가는 기차는 궁시렁대며
목포를 향해서 간다

흘러간 사랑은 잊혀져도

향기만은 남을지도
그래서 그리움만 남을지도
흐린 하늘에서 시가 내리고 있다

금세 만들어진 언어들은
차디찬 냉기를 품고서
차창 밖에서 뿌려지고 있다

저녁 해가 크다고 한다

오늘 지는 해는 유난히 크다고 한다
넓은 들판을 가로질러
바람이 머무는 곳으로
지는 저녁 해가 크다고 한다

바람이 불어서 억새풀이 울면
구름은 쉬었다 가고

거나하게 한잔 걸친 장꾼에게
취기 어린 눈길을 주며
꾸겨진 지폐를 고이 펴서
낡은 전대에 꿰어 잔돈을 주던
황금빛 주름에 곱게 그을린 아낙네는

붉게 달아오른 저녁 해를 보고
지는 해가 크다고 한다

해가 지는 고개 마루에서
산나물의 상큼한 맛이 풍기는
나지막한 저녁 산을 넘어

구름가에 낙조가 물이 들면
바람이 머물고

어제 불던 바람이 다시 불면
넓은 들판에 억새풀이 울고
오늘 지는 해가 유난히 크다고 한다

달동네

달동네에는 달이 있다

해묵은 애환을 삭히려
절로 허물어진
축대 위를
바라만 보아도 달이 있다

외진 곳도 보이는
허름한 담의 경계선에
이지러진
달 그림자 길이만큼
시름은 구만 리

달동네에는 달이 있다

빈곤하여 쪼들린 삶에
정이 들어서

밤새 들리는 슬픈 웃음 소리
끝내 떠나지 못하는
마음은 그래도

소유하지 않는 삶이 있어
정든 이가 사는
정든 골목엔
넉넉함을 닮아 가는
섬길 보름만한 달이 있다

간이역

차창에 손을 흔들며
그렇게도 그리워하던
고향의 향수는
낯선 지방에 버려지고

세월의 채취가 배여
철길 사이 박혀 있는 검은 자갈들
그 중 하나
어쩌면 증오일지도

전신주에 매섭게 불어대던
북풍에 밀려도
더는 내려가지 않는
온도계의 수은주처럼

얼어붙은 시그널이
삭막한 바람 소리가 멎어

잠시 작동되어도
돌아가지 않는 시간

인적이 끊긴 추위 속에
어제 떠난 기차가
도착하는 시간을 기다리며
웅크리고 밤을 지샌다

인형의 집

차가운 바람은 매섭게 불어대는
창 밖에는 겨울비가 내리고
인기척이 없는 외딴집에서
외로운 삶의 소리가 들린다

심한 히스테리를 앓은 적이 있는
프랑크 시나트라의 MA WAY를
귀를 세워 들으며
소외된 마음을 느끼고 있을 때

겨울비는 멈추고
어둠을 각색해 버린 겨울 무대
한 구석에서
인형의 검은 눈동자가 매인 끈은
어둠에 가려
슬픈 삶에 소리만 들리고

인형의 자유를 잊지 못한
몇 안 되는 관객이
간간이 들려주는 박수 소리는
하얀 그리움의 그림자

몹쓸 병에 걸린 인형은
새파랗게 질린 검은 눈동자의
초점을 잃고
한쪽이 반쯤 떨어져 나간
낡은 문고리를 넋 없이 본다

낮과 밤 사이

　정류장을 출발한 차가 언덕을 넘어 남산에 이르렀을 때 날이 어두워지자 밤은 나를 들여다보고 있었다 아니 훨씬 전에부터 들여다보고 있었다 단지 나만 모르고 있었던 것이다 밤이 보이지 않았기에 모르고 있었던 것이다 유리창에 비쳐진 또 한 사람이 나를 유심히 관찰하고 어두운 과거가 있었는지 심각한 표정으로 심문을 하고 있었다 밤이 조사하고 있는 나와 나는 우연히 눈길이 마주친다 무척 피곤한 모습이다 나는 의도적으로 눈길을 피한다 섬직하다 몸둘 바를 모른다 신경이 쓰인다 낮과 밤 사이가

무념(無念) 1

시간 밖에서 돌고 있는 시간이 있는가
알아보기 위하여
바람이 부는 거리로 나는 떠났다

시간은 우주 속으로 향해 돌고 있었다
시계 방향으로 돌고 있었다
황사가 섞어 있는 바람을 타고 돌고 있어
차마 눈을 뜨기가 어려웠다

마치 구도자의 고행을 이해하는 것처럼
뜨지 못한 눈으로 나 자신을 바라보고
눈 속은 비워 두었다

비어 있는 눈은 하얗다
비어 있는 삶은 하얗다
시간 밖에서 돌고 있는 시간을 찾기로 했다

들어오는 길로 걸어 나갔고
나가는 길로 걸어 들어왔다

확인된 시간은 도난당했다

무념(無念) 2

하늘 높은 줄도 모르고 하늘 높이
전봇대가 치솟은 거리에서
방황을 하는 홈리스들이
망각의 행로를 찾는다
후미진 구석은 삶의 한가운데
고달픈 망각의 행로를 찾기는
너무 힘에 겨워라
끝없는 미로 찾기를 하는 어디에선가
시선이 닿지 않는 곳에
시선이 머무를 자리가 혹여 있을까
성한 눈을 감고 사팔눈을 뜨고
마구 곁눈질을 해대다가
기진해진 창백한 모습
버려진 혼자 몸으로는
꿈을 찾을 수는 없었던가
시들해진 시선으로
속이 빈 하늘만 물끄러미 쳐다본다

무념(無念) 3

돌아다보아도 헛일이었다
후회를 하여도 헛일이었다
철수는 허구헌 날
백수가 되어 아이엠에프를 원망하며
지내는 무료한 세월로
외로움이 온몸에서 돋아나고 있다
올해 달력에는 붉은 일요일이
저주의 꽃으로 둘러싸여 있다
하늘을 나는 한 마리의 새가 되어
날아가고 싶다
철수는 하얀 이를 들어내고 웃는다
미치도록 웃는다
어둠에서 원성이 들린다
달빛에 비친 서러움은 슬픔인가
슬퍼하는 철수는
백수다운 진정한 백수가 아니다

물의 노래

영혼이 있는 숲에서
고이 숨겨진 생명이
가슴을 울리는 소리 듣고
물이 되어 탄생한다

영혼을 미네랄처럼 녹여
생명이 살아난
생명의 물
생명이 다하는 그날까지

축복을 받는 찬란한 기쁨을
노래하고

감격하고 감동한 이들은
영혼이 깃든 생명의 소리에
귀를 기울이리라

영혼을 담고 있는 선율은
곱고 신비로워서
선하고 맑은 마음으로
신에게 전해진 메시지

생명이 다하는 그날까지
간직하고 싶어
시간의 문을 통과한다
물이 흐르다가
잠시 머무른 자리에서

탄광촌

기차를 타고
검은 산이 있는 탄광촌을 가자
검은 물을 들인 판자조각을
얽어서 지은 집들이
여기저기 무너져 있다
땀 흘리던 소리도 없고
파업하던 소리도 없다
거미들이 판치는 집들은
검은 골짜기에 걸쳐서
반쯤 떨어지고 휘어진 문짝에
널빤지가 서너 개만 붙어 있다
여름 내내 쏟아진 빗물에 녹아
붉게 녹이 슨 대못이
꺾인 채로 박혀 있고
옹기가 흉하게 패인 각목이
버티고 있는 판잣집
파산된 판자촌에서는

검은 소리를 울리며
출가한 광부들을 찾는다
검게 타버린 탄광촌으로
가자, 기차를 타고 가자

농부는

자욱한 안개가 머무는 곳은
어둠이 머물던 자리
어둠은 안개 속을 헤맨다

날이 밝아 오면 어느덧
안개는 그림자처럼
이슬이 되어 사라지고

밭고랑을 따라 품을 팔던
농부의 노래는
흙에서 생명을 잉태한다

하지만
황금빛으로 물이 들은
농부의 얼굴은
거울 속에 갇혀서

땀내음 물씬 풍기는 수건을
단내 나는 목에 걸치고는
얼굴 한번 못 닦고

어둠처럼 안개 속을 헤매다
안개가 머물던 자리에서
이슬처럼 사라진다

만화(cartoon)

—수원 화성 국제 연극제 판판 극단의 작품

칠흑의 어둠이 지나고

동이 트는 새벽이 되면

금세 막이 오른 연극이

거울 앞에 서서

밤새 자란 거짓의 꼬리와

누렇게 뜬 허영의 자국과

주근깨처럼 번진 야망의 그림자를

하얀 비누거품으로 문지르고

날을 날카롭게 세운

질레트표 두 날 면도기로

마음 편히 가볍게 민다

거울 속에 얼굴은

뭇솔리니 개구리의 얼굴

우물 안에 있는 개구리의 얼굴

거울 안에 있는 핸섬한 얼굴을 본다

속은 다르지만 가식의 눈이 부시다

왕성한 식사와 운동으로

근육질 팔뚝과 뱃속에 힘을 키우고
우연한 기회에 찾은 독재자
요한 스트라우스의 왈츠가 흐르고
개선 행진곡이 흐르면
힘차게 전화기를 돌려서
돌팔이 화가 히틀러와 통화한다
어둠은 다시 오는가
새벽은 다시 오는가
독재자의 말로를 상담한다

연주회

파이프 오르간 수십 개의 관에서 나온
생명이 호흡을 몰아쉬며
천천히 아주 천천히 날개를 펴고
하얀 소리를 내고 있다
평화로운 소리가 들리는가
생명이 살아 있음을 느낀다
생명의 고동 소리처럼
크고 작은 관들이 소리를 내니
신의 소리를 닮았다
청아한 소리가 높고 긴 파이프를 통해
감동하는 청중에게 전한다
생동하는 소리를 따라
신비스럽게도 새들이 하얗게 날아
구름이 되어 버리고
청중은 호흡을 가다듬는다
소리는 웅장하다가
소리는 섬세하게 변한다

파이프 오르간은
세상에 야릇한 격정을 불러일으키는
높은 소리 낮은 소리로
열정에 빠진 어둠을 연주한다

고백

하나님
죄를 지었습니다
어제도 죄를 지었고
그제도 죄를 지었습니다
서문시장 생선가게에서
얼음에 절여져 있는
자반 고등어의 눈이 흐렸기에
진열된 주위 환경에 상관없이
상해 버린 생선이라고
줏대 있는 말을 하였더니
동태 대가리 끝에까지
대강 덮인 얼음을 반쯤 제치고
허리와 꼬리지느러미 사이로
비린내 찌든 앞치마를 걷어붙이고
독한 눈을 뜨고
쫙 벌린 아가미 사이로
독설을 퍼부어대는

자반 고등어를
보다못해 생선회칼로 난도질하여
가시 끝에까지 묻어 있는
죄를 다 발라 버리고
오물통에 버렸습니다
피도 한 방울 남기지 않고
오물통에 버렸습니다
하나님
죄를 지었습니다

제5부

사랑

사랑 1

시내산을 찾아가리라
물도 없이 황무지가 메말라 버린
불타는 광야에서
약속의 땅을 찾으리라
기도하는 마음도 간절하게
험난한 광야를 헤매었다
산을 넘고 강을 건너
약속된 복음을 찾아 헤매었다
해가 뜨고 달이 지는 날
지평선과 맞닿은 곳에서 변함없이
떨기나무에 밝은 불을 닮은
일출의 장관은 펼쳐지고
지혜의 메시지가 들려온다
참된 기복을 구하는 심정이
약속된 믿음에 감격하리라
원죄를 알면 이미 원죄가 없음이라
엎드려 눈물로 회개하면서

울고 또 울었다
고통이 있음은 평안히 있음이라
외침은 진정한 사랑이었다
님에 대한 사랑이었다

사랑 2

들꽃처럼 피어나는 사랑은
불꽃처럼 아름다우리라
자신을 돌아보며 영혼을 불태울수록
성난 불길처럼 타오르면
어둠의 그늘 속에 감추어진
아름다움을 밝히고
진실의 실체를 알아낼 수가 있으니
진정한 그리움은 남기고
사랑을 불태우리라
사랑은 불꽃처럼 아름다우리라
들판에서 갓 피어난 들꽃이
그리움의 향을 사르며
순수한 마음으로 고통을 함께 나눌 때
사랑의 영혼을 애타게 그리워하면서
사랑이 머무는 곳을 찾아서
사랑을 영원히 간직하리라

사랑 3

해가 아직도 남아 있는 하늘에
은은한 빛을 품고 있는
낮달을 무심코 바라보면
아주 작은 반쪽의 예쁜 모습이
단잠에서 방금 깨어난 갓난아기의
하얀 마음을 닮은 것 같아
사랑을 하고픈 마음을 갖는다
사랑하는 마음
새털구름이 흐르는 하늘 아래
밝은 세상을 사는
모두에게 나눔으로 빛이 되어
베풀어 기분 좋게 하고
가슴이 설레는
서로가 소중하게 간직하고픈 마음이다

주님

햇살이 스미는 무화과 나뭇잎 사이로
솔솔 부는 바람
지상의 평화로운 들녘에

돌연히 사라지는 영광으로
가쁘게 호흡 몰아쉬며
대속하여 고통받으신 주님

때로는 감동하여 하나같이
벗어 버리는 알몸에
달아오르는 부끄러운 순간

살며시 뒤를 돌아보고는
이내 눈을 감고
다시 찾은 편안한 안식

어쩌면 부정한 마리아일지도 모릅니다

해가 저무는 겟세마니 동산에서
예수님의 십자가를
거꾸로 세운 베드로가
어쩌면 부정한 마리아일지도 모릅니다

평생을 천의 얼굴로 살아야 하고
원죄가 배어 있는 운명 속에서
한순간 고통 속에 살아야 함을

새벽이 오기 전에
일찍 알았어야 했습니다

이 모진 세상을 사랑하기에는
너무나 어리석고 어린 나이라서
사랑하며 살지 못하고

날아드는 돌에 맞아 죽을

한치 앞의 운명을 애써 외면합니다

겨자씨만한 믿음이 없어
이 모진 세상을
성한 몸으로 견디기 힘들어 하는
부정한 마리아가 베드로일지 모릅니다

가시나무 새

물안개가 촉촉하게 젖은 밤에
달이 서서히 하늘을 오르면
구름은 긴긴밤을 유유히 흐르는데
밤의 길이만큼 짙게 드리어진 안개 속에서
목이 메인 가시나무 새가
소리를 울먹이며 어둠을 향해 운다
색깔도 향기도 말라 버린 삶을 돌이켜서
밤새 초라해진 모습으로
가시나무에 넋을 놓고 앉아
깊어만 가는 어둠 속에서
마음이 희미한 달빛에 젖으면
그대를 그리워하고
말로 다 못할 그리움에
어둠을 원망하는 눈망울이 너무 슬퍼
어둠을 등지고
밤을 새워 슬피 울고 있을 뿐이다

낙조

늦바람에 밀리던 구름 재로
날아가는 새는

낙조가 짙어진 언덕빼기를
선 그리며 날다가

끝내 날아가 버린
시선이 닿는 지평선 저 멀리에

꿈에도 잊지 못하는
그리움이 보이면

또 다른 한 마리의 새가
그렇듯이 날아가

그림자만 남은 하늘에는
향을 사르는 냄새가 난다

바다 1

갈매기가 나는 오월의 바다는
푸른 마음의 고향
꿈을 찾아 나선 바다가
언제나 그리운 시절로 흘러가고
섬이 보이는 곳에서 밀려든
잔잔한 파도가 향수에 젖은 듯
바람에 이끌리어
아무도 손쉽게 뿌리칠 수 없는
은밀하고 달콤한 유혹을 하면
그리운 고향을 찾아
갈매기 나는 오월에 바다를 가면
갯벌에 버려진 작은 배 하나
주인 잃고
아무런 볼품이 없이
부서진 선착장에 매어 있고
갈매기가 나르는 수평선 너머에
멀리서 들리는 안데르센의 인어의 소리
정겹게 들린다

바다 2

바다 냄새 비릿하게 배인 파도 소리가
언제나 들리는 작은 섬
떼를 지어 노는 물고기들 보이고

먼 하늘과 맞닿는 곳을 넘나들며
저 멀리 수평선 위에
선을 그리며 반짝이는 숭어를 잡는
갈매기가 정겹고

바람에 실려 들려오는 갈매기 울음소리는
콘크리트 방파제에 부딪쳐서 부서져
한가로운 바다 풍경에 어우러진다

밀려드는 파도를 타고 와서
군데군데 몰려 있는 뱃사람들이
바닷가에서 세월을 낚으려
낚시를 드리운

수채화 화폭 속에도 바다는 보이고

바람도 시원하게 불어대는
평화롭게 보이는 이곳
시간은 팔랑개비처럼 돈다

망향

바람이 불어 성한 가슴을 조이며
몹시도 뒤척이던 꼭두새벽에

등불을 밝히고 외로이 걷던 둑길은
서리가 내렸고 안개가 드리워지고

마을 어귀에 있는 살구나무 가지로
까치 한 마리 날아들자

어디선가 들리는 기이한 풍경 소리
마음에 자리하고

짙게 드려진 안개는 겨울 들녘을
촉촉히 적신다

섬 1

밀려드는 고독감을 홀로 견디는
아무도 살지 않는 섬
바람이 불어오면 바다는 숨이 차서
허연 물거품만 토하기에
동편에 뜨는 쌍무지개 보고 싶어
서편에서 비가 내리기를
하늘에 간절히 바라다가
암초가 있는 곳을 비바람이 지나
시꺼먼 구름에서 비가 내리고
구름 사이에 낀 천둥이
지독하게 성을 내며
분통을 터트리고 울부짖으면
소리치는 천둥이 무서워서
바다가 더 무서워서
아무것도 보이지 않는
밤이 되어 버렸으면 한다

섬 2

흰 갈매기 나르는 바다와
쪽빛 하늘 사이에 새털구름을 닮아 버린
흰 갈매기 떼가 살아서 가고 싶은 섬
출렁이는 파도가 쉬이 머물러서
시간만 되면 수면에 잠기고
전설처럼 변해 버린 불이 꺼진 등대가
길을 밝히고 찾아가는 뱃길이
수평선을 따라 수만 길 떨어져
성난 폭풍이 일어나고 해일이 일어나면
수심 깊은 곳 한가운데
잠겨 버리고 마는 지난 일들
기억할 수가 없어 가도 올 수가 없는 섬
흰 갈매기가 사는 섬

흐린 시선에 발효되는 뿌리 깊은 서정성

최문자

(시인)

시를 쓰는 동기에 있어서 두 가지 이론을 살펴보면, 시를 쓰지 않으면 견딜 수 없으므로 시를 쓰게 된다는 이론이 있다. 어떤 느낌의 정도나 생각이 머리에 가득 차 있을 때 저절로 시가 써진다는 이론이다. 이런 이론은 낭만주의에 기초하고 있다. 따라서 이러한 시들은 관념적이며 감성에 비중을 두게 되는 한편, 현실 사회의 현상에 대하여 의도적 개입을 꺼린다.

또 다른 동기로는 현실에 바탕을 두고 있는 이론으로 세상의 모든 사건 사상이 잘못되었음을 지적하거나 잘못을 고쳐 보려는 느낌이 머리에 가득 차고 넘쳐서 그냥은 봐 넘길 수 없고, 또 현실을 바라만 보면 안 된다는 생각 때문에 그것이 동기가 되어 시를 쓰게 된다는 이론이다. 기쁨이나 슬픔의 감정을 촉발시키는 시창작 동기는 이렇게 각각 개인에 따라 다르다.

임병무 시인의 시적 동기는 전자의 이론에 근거한 것이라고 본다. 임병무의 시는 짙은 서정성의 시편들이 주조를 이루고 있다. 지금은 분명 '새로운 시대'이다. 새로움에 대한 매력이 극대화되어 있다. 그래서 1990년대 문학 작품에 당당하게 등장하는 소재들은 신소재들이며 자본주의 생산 메커니즘을 유지하거나 재생산하려 한다.

이러한 주조 현상 속에서 임병무의 섬세한 시적 정서는 사물의 드러난 현상을 규정하는 은폐된 심연 속에서 사물의 체온과 질감의 결을 묘사한 세밀화 과정이 2000년대의 시점에서 눈에 뜨인다.

「연어 이야기」, 「들꽃 이야기」에서 그 세밀화 과정을 더욱 느낄 수 있으며, 「흐린 하늘에서 시가 내리고 있다」, 4부에서 임병무 시인의 시적 동기인 관념적 동기가 두드러지게 나타난다.

생명의 실체─끊임없는 확인

생명은 생명 자신이 생명의 실체가 된다. 자신이 이해한 생명이 생명의 출발이고 종착이다.

오늘날 물질적인 풍요에 반비례하여 인간의 자기 정체성 상실과 전지구적인 차원의 환경 파괴라는 심각한 위기적 상황이 도래하고 있다. 환경 파괴가 극한적인 위험 수위에 이르면서 생태시가 환경 파괴의 표면적인 현상을 고발, 풍자, 비판하는 수준에만 머무르고 있는 것이 사실이다.

그러나 임병무의 생태적 상상력의 시편들은 환경 파괴

실태의 인식을 바탕으로 하고 있으면서도 일상적 내면의
삶과 결부시켜 내면화한다는 측면에서 중요한 의미를 지
닌다.

　　모든 연어가 그렇지만 않습니다
　　병이 들어 부화될 수 없는 알을 낳는 연어가 있습니다
　　마음에도 병이 들었습니다
　　등줄기에 반점이 여러 개 박혀 있는 연어는
　　작년에 낚시바늘을 통째로 삼키고 많이 울었습니다
　　시름시름 앓다가 목숨을 건졌지만
　　바다에서 살 때만 해도 참으로 다행이다 싶었습니다
　　강물을 다른 연어와 함께 거슬러 올라갈 때
　　햇살이 따가워도 무덤덤하게 다른 연어를 따라갑니다
　　다른 연어들처럼 빛이 나지 않는 이유를
　　병든 연어는 알지 못했습니다
　　다른 연어처럼 모성애를 가질 수가 없다는 사실을
　　병든 연어는 알지 못했습니다
　　다시는 돌아갈 바다가 없다는 사실을 알지 못했습니다
　　다른 연어들이 일러주지 않았습니다
　　　　　　　　　　　　—「연어 이야기 1 — 본능」 일부

　생태계 파괴의 현장을 섬뜩하게 묘사하거나, 충격적인
표현은 아니라 하더라도 부화될 수 없는 알을 낳고 마음
에도 병이든 연어가 '등에 반점', '많이 울다'를 통해 몸

에 이상이 생겨 나타나는 증상의 반점들이 낚시바늘을 통째로 삼키고 나서 시름시름 앓은 까닭으로 생긴 것이라는 은유적 표현으로써 더욱 섬뜩하고 독자에게 다른 의미로 색다른 강한 충격을 준다.

「연어 이야기」를 통해 현대사회에서 잘 적응하지 못해 시인 자신도 미처 발견하지 못한 이상한 반점 반응을 나중에서야 느끼게 될 때의 그 충격을 시인은 연어를 통하여 노래하고 있다.

"다른 연어처럼 모성애를 가질 수가 없다는 사실을/병든 언어는 알지 못했습니다"라는 행을 통하여, 생태 파괴는 외형의 파괴를 넘어 정신의 파괴, 가장 파괴될 수 없는 모성성의 파괴까지 이어지고 있음을 말해 주고 있다. 이러한 현상이 종내에는 '부화되면 강을 내려갑니다'에서 보듯이 생태계 파괴가 두려워 일시적으로 도피하려고 하나, 그것은 아무런 의미가 없으며, 실질적이고 궁극적인 해결의 대안이 될 수 없다는 것을 시인은 거듭 말하고 싶어한다. 어떻게 보면 현실적 동기에서 씌어진 시처럼 보일지 몰라도 현실적 동기는 불합리한 사회 반성을 유도해야 하기 때문에 정확한 사실성(reality)이 요구된다.

위의 시에서는 독자의 격정과 흥분과 자극을 유도할 수 있도록 reality가 살아 있지 않으며 사회적 목적에 의하여 쓰여진 것이 아니라 시인 특유의 감정에 의해서 자신의 체험을 시로써 독자에게 전달해 주는 데 비중을 두고 있다. 「연어 이야기 2」에서도 같은 흐름을 볼 수 있다.

살다 보니 별일이 다 있습니다
세상에 처음 보는 까만 연어가
싸움을 걸어 왔습니다
힘이 센 연어가 성적 본능을 발휘하여야만
종족 보존의 책임을 다 할 수 있다고
하였습니다
지극히 이기적인 생각입니다
지극히 동물적인 생각입니다
내가 살던 고향이 그립습니다

―「연어 이야기 2 ― 출세」 일부

시적 화자는 인간의 생명 가치는 암살되고, 끈끈한 욕망의 불빛만이 헐떡거리는 종말론적인 현상 인식의 표현으로 "살다 보니 별일이 다 있습니다"라고 노래한다. "세상에서 처음 보는 까만 연어가/싸움을 걸어왔습니다"를 통해서 예감하지 못하는 적자생존 현상을 드러낸다. 죽음의 세계까지 파고드는 에로스적 욕망의 언어를 뿜어내고 있다. 이 에로스의 욕망이 궁극에는 죽음의 유혹으로 열려 있는 배경이 된다. 이러한 고통과 억압의 현실, 그 불연속적인 개체의 단절, 분열, 고립으로부터 탈피하고자 하는 것이 '고향' 에 대한 언급이다. 고향은 아픈 휴식처럼 아픈 현실과의 조화와 합일의 공간이기 때문이다.「연어 이야기 4」에서 화자는 상상력의 세계를 산으로 확대시킨다. 공간의 대이동을 하고 있다.

산길을 따라 오르다 보면
칡넝쿨이 질기게도 늘어져서 감겨 있는
서너 그루의 다래나무가 있다

(…)

산골 후미진 곳으로
휘어 감긴 칡넝쿨을 걷어가며 찾아오는
사람들과 산사람들을 반기며
연어 얘기를 하던 집주인이 없어
이제는 찾는 이 없는 외딴집
햇살만 한가로운 양지바른 구석에
부서진 옹기만 두어 개 남아 있다

—「연어 이야기 4 − 추억」 일부

　　일상적 삶의 공간에서 우주적 영역으로 선회한다. 시인
은 이제 아득히 먼 이야기, 연어 이야기를 해주던 집주인
이 살던 마을의 아름다움이 사라지고 있음을 통하여 몽상
의 생존 본능이 외부의 방해력, 압력에 의하여 포기하지
않을 수 없는 입장에 다다르고 만다. 여기서도 주체는 역
시 생명이다.
　　임병무 시인은 길 잃은 생명, 죽어가는 자연을 자신의
사건처럼 생각하며 시를 쓰고 있다. 그의 생명관은 자연
이 주변적 환경이 아니라 생명의 주체이다. 따라서 죽어

가는 물고기, 나무, 새, 꽃, 풀의 소생을 노래하는 것은 즉 자신을 향한 것이기도 하다. 생명, 우주에 대한 시인의 끊임없는 확인과 관심은 생명의 실체를 더욱 느낄 수 있게 한다.

꽃, 새―은밀한 내성의 울림

임병무 시인은 꽃과 새를 소재로 하여 많은 시를 쓰고 있다. 그래서 첫시집 제목도 『패랭이꽃』이란 제목으로 펴냈다. 그가 다른 제목으로 시를 썼다. 주제는 꽃이나 새가 등장한다. 꽃의 종류도 다양하지만 주로 야생화를 많이 노래하고 있다. 민들레, 달맞이꽃, 들장미, 패랭이꽃, 할미꽃, 눈꽃, 아카시아꽃, 강아지풀 등이다. 새로서는 두견새, 뻐꾹새 등이다.

임병무 시인은 실존하는 꽃의 실체를 통해 그 속의 은밀한 내성의 울림에 귀 기울이고 이를 언어로 재현하고자 한다. 꽃은 항상 새와 공간에서 비밀스런 교감을 가지며, 시인은 이러한 자연 질서에 대한 꿈꾸기가 왕성하다.

① 한밤중에 비가 내리면
　　어둠 속에 멎은 비가 다시 내리면
　　민들레의 여린 가슴은 어쩌랴
　　바람을 타고 홀씨를 날리던 어둠 속을
　　끝내 외면해 버리는
　　달빛이 그리워서 어쩌랴

―「들꽃 이야기 1 ― 민들레 1」 일부

② 처마 밑에 고인 빗물에

　스스로를 젖어 버리는 민들레 하나

　핏기마저 창백하게 말라 버린

　야윈 줄기로 삶을 지탱하며

　전설처럼 살아간다

—「들꽃 이야기 2 — 민들레 2」 일부

③ 무더운 하늘 아래서 흰 꽃들의

　무질서한 반란이

　밤늦도록 하얗게 일어나고 있다

—「아카시아꽃」 일부

　꽃을 노래한 시인은 너무 많다. 그러나 시는 꽃을 노래하는 시인에 따라 제각기 다른 형상으로 나타난다. 시인의 삶과 세계에 대한 인식의 성격에 따라 꽃은 서로 다른 빛깔로 채색되는 것이다.

　임병무 시에서 꽃이란 찰나적이며 생명에 대한 허무와 공포의 빛으로 채색되어 있다. 외압이니 물리적 힘에 의해 지배당하고 그래서 무상을 한없이 느낀다. 시인이 노래했거나 표현한 꽃에 대한 진술은 종말을 앞에 둔 공포와 포기가 짙게 배어 있다.

　임병무 시인의 꽃에 대한 인식은 현재의 삶의 지평에 뿌리 내리기보다는 꽃을 통한 절망, 공포, 소멸, 꽃의 순행에 대하여 더 관심을 갖는다.

시 ①에서 "한밤중에 비가 내리면", "달빛이 그리워서 어쩌랴", 비 때문에 민들레는 홀씨 날릴 걱정이 심하다. 그래서 초라해 보이고 그래서 더욱 애가 탄다. 시 ③에서도 꽃은 꽃으로 존재하기보다 무질서한 반란을 일으키는 꽃으로 형상화하고 있다. 꽃은 꽃의 아름다움을 노래하지 않고 꽃을 통한 염려, 반란, 소멸의 주체로 바뀌어진다. 그래서 시 ②에서는 피자마자 창백하게 말라 버리지만 야윈 줄기를 지탱하며 전설로 남기를 원하는 꽃이 되고 있다.

이러한 체념적인 생명관은 시인의 절박한 현재의 삶의 한 위안이 되어 주기도 할 것이다. 인간의 실존을 경멸하는 꽃잎과 같은 것으로 여기는 시인의 정서는 구체적인 자신의 삶의 체험으로 매개됨으로써 눈은 시적 진실성을 성취하고 있다.

한 송이 꽃은 시인에게 있어서 꽃 이상의 의미를 지닌다. 꽃의 관습적 상징이 충일한 생명성의 의미로 통용되는 것도 바로 이 때문이다. 임병무 시인도 바로 이 점을 채택하고 있지만 독자들의 전이해를 넘어서는 시적 상상력의 창조적 차원으로 열려 있지 못하고 시인 스스로 자신의 절박한 체험적 현실에 갇혀서 현실에 대한 인식이 즉물적인 현상적 차원을 크게 넘어서지 못하는 아쉬움을 가지고 있다. 꽃을 통한 그의 시세계가 오늘의 삶의 문제와 좀더 구체적으로 부딪히면서 진지하게 복원의 길을 탐색해 나가야 할 것이라고 본다.

흐린 하늘—흐린 시선

　임병무 시인이 쓴 4부 「흐린 하늘에서 시가 내리고 있다」외 수 편의 시들은 침통하고 어둡다.

　　흐린 하늘에서 시가 내리고 있다
　　그리운 사랑을 표구하여
　　그림으로 남기는 흐린 하늘을 보고

　　금세 만들어진 언어들이
　　달리는 기차의 차창에 부딪치며
　　그리움을 물씬 풍기려 한다

　　흐린 하늘에서 시가 내리고
　　달리는 기차에 부딪친 언어들이
　　차창에서
　　꼬리를 물고 비스듬히 흘러가고

　　목포로 가는 기차는 궁시렁대며
　　목포를 향해서 간다

　　흘러간 사랑은 잊혀져도
　　향기만은 남을지도
　　그래서 그리움만 남을지도
　　흐린 하늘에서 시가 내리고 있다

144

금세 만들어진 언어들은

차디찬 냉기를 품고서

차창 밖에서 뿌려지고 있다

—「흐린 하늘에서 시가 내리고 있다」 전문

하늘은 저물어 가고 지상의 사물은 휘황하게 빛나고 있다. 시는 맑은 하늘에서가 아닌 흐린 하늘, 흐린 곳, 침침한 곳, 흘러간 곳, 가물가물한 곳, 냉기를 품은 곳에서 흘러내리고 있다.

시인의 시선은 왜 흐려지는가? 그 이유는 「무념(無念)」, 「낮과 밤 사이」라는 시와 연결된다.

정류장을 출발한 차가 언덕을 넘어 남산에 이르렀을 때 날이 어두워지자 밤은 나를 들여다보고 있었다 아니 훨씬 전에부터 들여다보고 있었다 단지 나만 모르고 있었던 것이다 밤이 보이지 않았기에 모르고 있었던 것이다 유리창에 비쳐진 또 한 사람이 나를 유심히 관찰하고 어두운 과거가 있었는지 심각한 표정으로 심문을 하고 있었다 밤이 조사하고 있는 나와 나는 우연히 눈길이 마주친다 무척 피곤한 모습이다 나는 의도적으로 눈길을 피한다 섬직하다 몸둘 바를 모른다 신경이 쓰인다 낮과 밤 사이가

—「낮과 밤 사이」 전문

① 비어 있는 눈은 하얗다

비어 있는 삶은 하얗다
시간 밖에서 돌고 있는 시간을 찾기로 했다

들어오는 길로 걸어 나갔고
나가는 길로 걸어 들어왔다

확인된 시간은 도난당했다

―「무념(無念) 1」 일부

②너무 힘에 겨워라
　끝없는 미로 찾기를 하는 어디에선가
　시선이 닿지 않는 곳에
　시선이 머무를 자리가 혹여 있을까
　성한 눈을 감고 사팔눈을 뜨고
　마구 곁눈질을 해대다가
　기진해진 창백한 모습

―「무념(無念) 2」 일부

③돌아다보아도 헛일이었다
　후회를 하여도 헛일이었다
　철수는 허구헌 날
　백수가 되어 아이엠에프를 원망하며
　지내는 무료한 세월로
　외로움이 온몸에서 돋아나고 있다
　올해 달력에는 붉은 일요일이

저주의 꽃으로 둘러싸여 있다

—「무념(無念) 3」일부

　대체로 현실에 대한 절망과 비판 의식은 희망의 빛을 꼭지점으로 하는 대칭을 통해 균형의 삼각형을 이룬다. 그러나 임병무 시인은 굴절된 삼각형으로 희망 부분이 삭제되려고 하고 있다. 이는 시인 자신이 희망 없는 막장 속에 살아 있는 듯한 느낌을 가진 증거이며, 처연한 분노와 서러움의 육성이다.

　시는 괴로움의 소산이고 괴로움은 병, 고통, 슬픔 등을 구체적인 내포로 소유한다. 그리고 이것들로부터 시인은 압도당한다. 그래서 시인의 시선은 흐릴 수밖에 없다. 그러나 이 시는 충분히 분노, 탄식, 슬픔이 감상에만 머물러 있다고 볼 수 있다. 소극적인 시적 대응이라고 본다. 슬픔의 절정은 무엇인가? 소극적, 부정적인 자리보다는 이를 대응하는 적극적인 자리가 분명 있을 것이다. 그 자리를 찾는 것, 그것이 시적 깊이의 형성이다.

　시「낮과 밤 사이」에서 시인은 자기가 자기를 보고 있다. 낮과 밤의 자기는 생판 다르다. 여기까지는 시인이 아니어도 누구나 느낄 수 있는 부분이다. 임병무 시인은 여기서 일단 그치지 않는다. "밤은 나를 들여다보고 있었다"라는 언술로 더 나아가서, "아니 훨씬 전에부터 들여다보고 있었다"라고 한 걸음 더 나간다.

　늘 자기를 들여다본 것은 사실이지만 어두워지자 이를

147

자기가 자기를 더욱 느끼게 된다. 어둠의 깊은 통찰력을 시인은 두려워하고 있다. 어둡기 때문에 더 잘 보이게 되는 시인은 흐리기 때문에 모든 것이 더 잘 보일 수 있는 시인이기도 하다.

밤은 하루를 정리하고 주위를 둘러보는 인간에게 베일처럼 내려앉는 시간이다. 고요와 쓸쓸함으로 피어나는 이 시간은 다시금 삶의 느낌과 자기가 조용히 살아나는 시간이기도 하다. 이는 마치 진한 어둠에 함몰하기 전 자신의 윤곽을 짚어 두려는 체득의 인상을 풍긴다.

이 흐림과 어두움은 「무념 1」, 「무념 2」, 「무념 3」과 연결되는데 시 ①에서 시간을 도난당한 시인은 황사가 섞여 있는 흐린 우주로 뛰쳐나간다. 그러나, 뛰쳐나가도 차마 눈뜨기조차 어려운 자신의 눈, 그 눈을 비워 두고, 시간도 비워 두고 싶어한다.

시 ②에서 눈 둘 곳이 없어서 시인은 눈 감기, 곁눈질하기, 사팔눈 뜨기, 별 짓을 다해 본다. 그래도 소용없는 시인은 우주를 바라봄으로 시선 둘 곳을 찾게 된다. 어둠에 대한 통일된 내재성에 대하여는 불충분하지만 이 어둠의 다발들이 유기적 맥락을 가질 때 좋은 시작품을 지닐 수 있다고 보았다.

시 ③은 소멸의 비극성을 섬세하게 조망한 시다. 이 작품은 소멸 후에 올 생성의 기쁨이 거의 보강되지 못한 비극성이다. 객체의 비극성에 자신을 그대로 담그는 것, 견딤의 감행뿐 진정한 화해의 현현이 없다. 그래서 철저히

더 비극적으로 몰아가기 때문에 감동적으로 형상화해낸다.

위의 시들을 통하여 요약해 보면 임병무 시인은 고통이 수반된 비극을 잘 참아낸다. 이 진지성은 삶을 진지하게, 참을성 있게 삶의 모순을 성찰한 데서 얻어진 진지성이다. 시에서 가장 중요한 덕목은 진지성이며 그 자체가 예술의 형상화라 할 수 있다.

맴돌기 —보이지 않는 성곽

임병무 시인의 시쓰기에서 시적 동기는 관념적 동기가 그 주조를 이루고 있지만 3부의 「성곽을 돌며」 7편, 그 외 3부 작품들은 현실적 동기라고도 볼 수 있다.

현실적 동기에 의한 시를 이야기할 때 문학성과 관련해 일부에서 문제를 제기하기도 한다. 의도가 지나치게 전면에 드러나고 있어 문학이 어떤 특정한 목적 달성을 위한 강령이나 구호처럼 될 우려가 있다는 것이 문제를 제기하는 측의 주장이다.

문학이 목적 달성을 위한 도구가 될 경우 도구로서의 기능이 강조되어야 하기 때문에 문학성에 문제가 생길 수 있다는 주장은 일리가 있다. 문학성이 아주 높은 작품 가운데는 이런 동기에 의해서 씌어진 시들도 흔히 발견되고 있긴 하다.

「성곽을 돌며」 7편의 시는 어떤 특별한 목적성이라기보다 과거 역사의 흔적 회고나 역사, 문화 예찬, 특정 지역 문화에 대한 흠모 등의 목적이라면 아주 약한 의미를

띤 목적성이 눈에 띤다. 그러나 분명히 말해 둘 것은 약하
지만 이런 목적 때문에 시 전편에서 3부는 문학적 깊이와
형성 과정에서 다른 작품들보다 뒤떨어진다고 볼 수 있다.

① 검게 그을린 역사의 아쉬움인가
　　가파른 돌계단을 힘들게도 기어오르는 성곽에서
　　흰 옷 입은 백성들은
　　주옥 같은 눈물을 흘렸으리라

—「성곽을 돌며 1 − 화성」 일부

② 근심하던 곤룡포에 용이
　　비바람에 꿈틀거리며
　　행차를 재촉한다
　　어디에 계시나이까 왕이여

—「성곽을 돌며 3 − 화성행궁」 일부

③ 조용한 동방의 나라
　　아름다움이 으뜸인 화성을
　　누가 넘볼세라 건재한 모습은 담대하여라
　　역사 속에 흘러간 시간이
　　시공을 초월하여 영롱한 빛을 발하니
　　맑은 정기가 서린 역사의 산물이 되어
　　영원히 보존되리라

—「성곽을 돌며 4 − 화서문」 일부

④ 시간의 긴긴 터널을 지나서

　하대 연병장의 전면에 세워 둔 역사의 과녁을

　정조준하여 꿰뚫고 있다

　우리는 알고 있지 않는가

　여기에 바람 잦은 세월의 정체를 밝히는

　역사의 증인이 남아 있는 것을

―「성곽을 돌며 7 ― 연무대」 일부

「성곽을 돌며」 예문 ①, ②, ③, ④를 살펴보면 ①은 수원에 있는 화성을, ②는 화성 행궁(정조가 거동할 때 머무는 수원에 있는 별궁), ③은 화서문(화성 성곽의 서북쪽에 위치한 문), ④는 연무대(병사들이 훈련하던 곳으로 상대, 중대, 하대가 있음)를 돌아보고 쓴 시들이다.

　내가 만일 임병무 시인이라면 3부에 있는 이 시들은 다 빼고 시집을 출간하고 싶다. 시는 주관을 통한 구체화 작업이기 때문이다. 나는 임병무 시인의 가계에 대하여 간접적으로 들은 바 있다. 훌륭한 항일 투쟁 역사를 가진 가계로 알고 있다. 오히려 그런 아픈 사실과 유년의 어떤 삶들이 관계되어 시로 창작되어 3부로 엮어졌다면 훨씬 더 좋은 시집이 되어 있을 것으로 본다. 임병무 시인은 3부의 시작품들을 쓰게 된 연유가 있는 것으로 본다. 임병무 시인은 사단법인 화성연구회 감사로 있으면서 문화재들을 애호, 홍보해야 할 중책을 맡고 있기 때문에 그의 시심 내부에는 이에 대한 연민과 책임이 깃들여져 있다고 볼 수

151

있다.

　시인이 이러한 현실적 문제를 제외시키기란 매우 어려
운 일이기 때문에 충분히 동기에 대하여는 이해가 간다.
그러나 「성곽을 돌며」의 여러 편의 시들을 다음 인용문의
사실을 근거로 하여 이해해 본다면 아마도 필자의 의견을
수용할 수 있으리라고 본다.

　시에서는 한 그루의 나무, 풀 한 포기를 그릴 경우에라도 그
것을 사진이나 전혀 다를 것 없이 그려서는 안된다. 그 그림이
사진과는 다르게 인생을 투영하게 될 때 모방의 효과는 더해
져서 비로소 예술적인 것으로 된다. 여기서 인생을 투영한다
는 것은 곧 변형이자 재창조, 또는 제시가 되는 것이다. 그래
야 모방이 단순한 모사에 그치고 마는 것이 아니라 인생의 깊
이만큼 신비롭고 사람에게 인간적 감동을 주게 되는 것이다.
　　　　　　　　　　　　　—「시란 무엇인가」 강남주, pp.55.

　위의 인용에 의하면 위의 시들은 위에 언술된 규범에
저촉된다. 사람의 정신이 없는 화홍문, 연무대, 행궁은 그
냥 역사의 흔적, 자취, 건물, 즉 자연물의 묘사일 뿐이다.
그 역사와, 역사의 아픔과 인간과 사건과 현상과 시인과
깊은 관련성을 가지고 재창조, 재생산되어야 시가 되기
때문이다. 역사적 사실도 예술적 승화가 가능해야 시로써
성공할 수 있다.

이상과 같이 임병무 시를 살펴보았다.

시는 어떤 관계 양상 속에서 존재하는가. 그 존재를 위한 총체적 상황에 대해서는 앞에서 이미 에이브럼즈의 이론을 중심으로 살펴본 바 있다. 그 과정에서 시를 이루는 구도를 구조적으로 살펴보면 그것을 이루는 것들 가운데 어떤 것도 그 하나로써는 시가 되기 위한 필요조건을 완벽하게 충족시켜 줄 수 없다는 사실을 알게 된다. 시가 존재하기 위한 유일한 방법이란 있을 수 없기 때문이다. 그렇기 때문에 시란 언제나 몇 가지 상황과 관련지으며 창작되고 존재하게 되는 것이다.

그러나 그 존재물은 구성하는 사람의 의도에 결정적인 영향을 받는다. 그 의도가 성공적이었거나 그렇지 않았거나 그것은 다른 문제다. 발상에서 집필, 완성, 독자의 향유에 이르기까지 시인의 의도와 전혀 무관할 수는 없다는 것이다. 그러니까 결국 시라는 것은 구성을 위한 총체적 상황 속에서 일차적으로 그것을 인식하는 방법이 작용하게 된다는 것이다. 방법이란 의도에 의한 영향과 함수관계를 갖는다.

의도는 방법을 모색하는 정신적 작용에 의해서 조정된다. 그렇기 때문에 의도에는 대상을 끌어들여 시로 구성하는 사람의 의지나 인식의 영향을 받지 않을 수 없다. 대상에 대한 인식은 정신작용이기 때문에 시는 결국 정신의 영향을 받는다. 그 영향에 의해서 대상을 인식하게 되기 때문에 시를 세계, 또는 대상에 대한 인식의 산물이라고 보는 것이다. 세상에 존재하는 것, 그것을 그냥 그대로 바라볼 때 그것은 시가 될 수 없다. 그것은 자연 속의 존재물, 또는 단순한 관념일 뿐이다. 존재나 관념, 이것을 바꾸어 말하면 세상사 또는 세계라 할 수 있다. 이 세계를 새롭게 인식했을 때 시가 되는 경우를 모든 시인들이나, 임병무 시들에서 찾아볼 수 있다.

임병무 시인의 시는 진지하고 진실성이 있으며, 시적 표현에 대하여 문학의 본질에 접하려는 의도성이 상당히 돋보인다. 결국 시인은 무엇인가를 기대하며 기다림과 그리움에 우리의 삶은 소진되지만, 삶은 인간을 충족시켜 주지 않는다. 인간은 지상에서 유일하게 충족을 모르는 존재다.

그러나 임병무 시인은 충족을 꿈꾸며 달려가는 자신을 무대 위에 올려 놓고 밤낮을 가리지 않고 응시하고 있다.

새벽에서 밤까지, 낮과 밤 사이 시간 속에서 움직이는 주체의 의식을 또 다른 자아가 굽어보는 눈길로 제시한 몇 개의 작품들은 고요하지만 단호함을 보여준다. 그만큼 생의 경험이 축적되어 터져나오는 육화된 목소리이기 때문이다. 이 목소리는 귀중한 목소리이며, 이 목소리는 서정시의 자율적 구조가 그대로 사회성을 지닌다는 사실을 우리에게 잘 환기시켜 준다는 점에서 더욱 귀중하다. 따라서 이러한 시를 쓴 시인은 매우 소중하고 귀하다. 시인 임병무는 흐린 시선으로 모든 존재와 현상을 바라보지만 이 시선에 발효되는 서정성은 깊은 뿌리를 가지고 있다고 본다.